Cet ouvrage a été imprimé sur un papier
issu de forêts gérées durablement,
de sources contrôlées.

PEFC
PEFC/10-31-1093

ISBN 978-2-7002-3195-3

L'école d'Agathe

Texte de Pakita
Images de J.-P. Chabot

Charles
le grand chevalier

RAGEOT•ÉDITEUR

Vous connaissez Charles ?
C'est un grand **chevalier** !
Pourtant, il n'a même pas de cheval !

Charles est arrivé à l'école juste après les vacances de Noël.

Un matin, monsieur Lecornu est entré dans la classe.

À côté de lui, il y avait un garçon qui avait des cheveux longs comme une fille.

Et il s'était fait une queue de cheval !

Le directeur a commencé :

– Bonjour les enfants, je vous présente Charles…

Charles s'est aussitôt retourné vers monsieur Lecornu. Il l'a fixé droit dans les yeux et il a dit :

– Je ne m'appelle pas Charles. Je suis Ysaer, chevalier de Brocourt.

Le directeur et la maîtresse se sont regardés. Ils avaient l'air très surpris. Et nous aussi.

À ce moment-là, Charles a ajouté :

Pour vous servir, messieurs dames.

Et il a fait un grand salut qui ressemblait à une **révérence** adressée à un **roi.**

On a éclaté de rire. Le nouveau était trop drôle. On ne pouvait plus s'arrêter !

– J'aimerais que vous accueilliez un peu mieux votre nouveau camarade, nous a dit la maîtresse, fâchée.

Alors vite, on a mis notre main devant la bouche mais on continuait quand même à pouffer.

Quand Charles s'est redressé, il n'a pas dit un seul mot. Il nous a regardés dans les yeux, l'un après l'autre.

Son regard était plein de **flèches** noires et on a arrêté de rire.

Il a demandé à la maîtresse :

– Madame, où dois-je m'asseoir dans votre royaume ?

Charles
avait dit
« madame »
et pas
« maîtresse »
et « où dois-je ? »
et « dans votre
royaume ».

Alors j'ai
pensé que Charles était un
chevalier qui venait d'un autre
temps et qu'il était arrivé sur un
cheval magique !

C'est vrai quoi, il n'était pas
habillé comme nous, il ne
parlait pas comme nous, il ne se
coiffait pas comme nous et en
plus, il avait un regard fier de
commandeur !

À la récré, on est tous allés vers Charles. Il nous a dit :

– Bon, je vous préviens, comme mes parents m'obligent à venir dans cette école, je vais laisser madame Parmentier m'appeler Charles mais, dans la cour, je vous prie de bien vouloir m'appeler Ysaer, Ysaer de Brocourt.

– Pourquoi ? a dit Hugo.

– Parce que mes parents sont les gardiens du château de Brocourt, derrière la forêt. Ce château appartenait à un vrai grand chevalier très courageux qui s'appelait Ysaer. Alors j'ai décidé de m'appeler comme lui et d'être moi aussi un grand chevalier.

On était très impressionnés.

Et c'est là que le plus super a commencé !

On a décidé que le préau deviendrait notre château avec des **remparts,** des **créneaux** et un **pont-levis.** La cour serait le terrain spécial **tournois.** Le banc, une haute **tour** avec des **meurtrières.** Et le tilleul, un arbre magique où se prennent les grandes décisions.

– Taratata! Rassemblement sous le tilleul! a crié Ysaer. Bon, je vous explique : les chevaliers sont très courageux. Ils n'ont peur de rien! Je vais vous apprendre à marcher comme eux, bien droit, la tête haute et le regard fier!

Il nous a montré l'exemple, puis il nous a dit :

– À vous maintenant!

Et on a défilé comme des vrais chevaliers, sans rigoler!

Après la cantine, on a décidé de chercher des **armoiries** pour notre château. On a fait plein de dessins avec des croix, des lions, des drapeaux.

Finalement, c'est celui d'Aziz qu'on a préféré : un lion debout appuyé sur une grande épée !

Puis on a couru à la bibliothèque prendre les livres qui parlaient du Moyen-Âge. On voulait t r o u v e r des noms. Moi, j'hésitais entre Mahault et Béatrix !

À la récré de l'après-midi, Ysaer nous a dit :

– Les chevaliers tirent à l'arc. Je vous apprends le mouvement. **Carquois, flèche,** je la place, je tends la corde, je vise, je lâche !

C'était génial ! On a tous mimé l'action en même temps que lui.

– Bravo, vous êtes très forts. Demain, je vous apprends le combat à l'épée !

Le lendemain, en arrivant dans la cour, Childéric (en vrai, c'est Thomas) a voulu nous montrer une grosse massue en carton qu'il s'était fabriquée tout seul. Mais la maîtresse de service arrivait, alors il a vite refermé son cartable. **Ouf !** On n'a pas le droit d'apporter des armes, même en jouets, à l'école !

À la récré, on était tous prêts.

– Le **chevalier** se sert de son **épée** dans les **tournois!** a commencé **Ysaer.** Je vous montre le mouvement. Je sors mon épée de son fourreau, pied en avant, et chlic et chlac, croisé décroisé, grand saut, touché !

On mimait le combat quand **Hildegarde** (c'est Marie) s'est écriée :

– Mais un **chevalier** sans cheval, ça n'existe pas !

– Tu as raison chevalière Hildegarde ! a répondu Ysaer. À trois, montez sur vos chevaux ! Un, deux, trois !

Sans prévenir, on s'est sauté les uns sur les autres ! Il y avait des chevaliers qui devenaient chevaux !

C'était le gros bazar !

On riait !

On riait...

QUAND SOUDAIN,
UN CRI A DÉCHIRÉ LE CIEL !

En vrai, c'était Coralie sur le banc. Elle agitait les bras dans tous les sens.

– Je viens vous sauver, ma princesse! a clamé Ysaer.

– Non! C'est moi qui y vais! a crié Maxime-Lancelot.

– Arrière, Lancelot, c'est moi le chevalier qui sauve la princesse, a dit Ysaer. Et je te provoque en **duel!** Rendez-vous sous le tilleul cet après-midi !

Et il est parti sur son cheval imaginaire.

– Agathe, tu crois que c'est pour rire qu'il m'a dit ça ou pour de vrai ? m'a demandé Maxime-Lancelot.

Mais je ne savais pas.

L'après-midi, saer est arrivé à l'école en retard. Il marchait bizarrement. Il avait une jambe toute raide. La maîtresse l'a tout de suite remarqué.

– Charles, que caches-tu dans ton pantalon ?

– Rien ! a répondu saer.

Mais la maîtresse ne l'a pas cru. Elle s'est approchée de lui et elle a sorti une épée. **Waouh !**

Maxime s'est aussitôt écrié :

– C'était pour me tuer en **duel,** maîtresse !

– Mais non ! a dit Charles. C'est ma nouvelle épée laser, je l'ai apportée pour le **tournoi** !

Il a fallu tout raconter à la maîtresse. Elle nous a expliqué qu'il était **INTERDIT** d'apporter des armes-jouets à l'école, même si elles sont fausses !

– Il faut faire semblant, hein maîtresse ? a dit Perceval.

– Exactement Hugo ! a répondu madame Parmentier.

Et à la récré, en faisant semblant, on a organisé un vrai super tournoi de chevaliers.

Zizette était le cheval de Lancelot et moi, le cheval d'Ysaer. Celui qui gagnait tous les **duels** faisait le baisemain à Hildegarde.

Oh là là ! Je suis épuisée. C'est *Ysaer* qui a gagné. Grâce à moi.

Quand *Lancelot* a attaqué avec sa **lance,** j'ai réussi à faire un grand saut pour l'éviter !

J'ai téléphoné à Charles. Demain, c'est moi qui suis *chevalière* et lui cheval !

Allez bonne nuit, *chevaliers* et *chevalières* du *Moyen-Âge* !

Pakita aime tous les enfants! Les petits, les gros, les grands, avec des yeux bleus, verts ou jaunes, avec la peau noire, rouge, orange, qui marchent ou qui roulent, et même ceux qui bêtisent!

Pour eux, elle se transforme en fée rousse à lunettes, elle joue, elle chante, elle écrit des histoires et des chansons pour les CD, les livres ou pour le dessin animé.

Jean-Philippe **Chabot** est né à Chartres en 1966. Avant d'entrer à l'école il dessinait déjà. À l'école, il dessinait encore. Puis il a choisi de faire des études de... dessin. Et maintenant, son travail c'est illustrer des albums et des romans.

Il est très heureux de dessiner tous les jours et parfois même la nuit mais toujours en musique.

L'école d'Agathe

64 titres parus

12- Aziz
aime miss chichis

17- Où est la dent
de Laura ?

38- Pierre fait
des farces

46- Sarah adore
la danse

Toute la série
L'école d'Agathe
sur www.rageot.fr

Achevé d'imprimer en France en décembre 2011
par I.M.E. – 25110 Baume-les-Dames
Dépôt légal : janvier 2012
N° d'édition : 5540 - 07